KB183331

청어詩人選 475

흔들리지 않을
상처를 위하여

김은경 시집

흔들리지 않을
상처를 위하여

김은경 시집

시인의 말

매장에서 입어보고 또 입어봐 놓고
망설임 없이 카드를 긁어 사놓고는
집에 오자마자 또 바로 입어보며
어디를 가볼까?
누구를 만날까?

읽고 싶은 책은 많아
마음바구니에 가득 담아놓고
주머니 속 돈 얼마 남았지?
생활비 모자라지는 않을까?
한 권 한 권 내려놓다가
몇 권 남은 책마저 먼지 쌓인 진열품처럼
쳐다보지도 않는
오만함은 또 무엇인가

시를 쓴답시고
나풀거리는 바람만 쫓지는 않았는지
뱃속까지 차버린
세상 허풍이 꺼지는 날에는
시를 쓰려고 애쓰지 않아도
술술 쓰여지겠지요

여전히 창밖에는
진눈깨비가 흩어집니다

2024. 12. 진눈깨비 내리는 저녁
김은경

차례

2부 배롱나무 꽃그늘 아래서

3부 흔들리지 않을 상처를 위하여

4부 엄마가만이사랑한다

1부

기억의 저편

금방이라도 잡힐 것 같은 영겁의 세월
그 틈새로 찰나 되어 바람 타고 흩어져 버린다
시간은 나를 길들이고
나는 시간을 잃어가고 있다

이별

허락 없이 드나들던 마음
조용히 제자리로 돌려놓는 일

힘겹지만 함께 오른 능선
혼자서 내려오는 일

어둠을 덮기 위해
밤새 쏟아내던 폭설에도
어둠은 어둠인 채로
그대로 남아
동틀 무렵
세상은 백기를 들고 말았다

사랑도 그러했던가
이별을 덮기 위해
미친 듯이 사랑을 해야만 했던 시간들

이제는
뜨겁게 삼킨 그 한 사람
차갑게 내어주는 일만 남았다

빈방

하늘 푸르른 주말
분주했던 시계가 우뚝 멈춰선 시간
미처 꺼내지 못한 슬픔
피아노 건반 위로 쏟아져 내린다

서서히 손님이 되듯
기다리던 설렘 채 가시기 전
횅한 빈방만 남기고 떠난 그녀
악다구 질러대며
못 해준 것만 떠올라
메아리에 눈물로 대답한다

나이를 눈물로 채우기 싫은데
호되게 야단만 맞고 섰다

아빠의 산도

우리 엄마 또, 또 운다
요즘 들어 자주 듣는 말
산도를 먹다 펑펑 울었다

아빠의 외출날만 먹을 수 있었던 산도는
엄청 컸었다
어린아이 손에 움켜잡은 커다란 동그라미
과자를 분리시킨 후 먼저 크림만 발라먹었지
천천히 오래 먹고 싶었던
한입의 행복

오십 된 손아귀
세상 욕심과 허세를 쥐느라
산도 하나로는 모자라
먹어도 먹어도 끝이 없다

산도가 움츠린 만큼
아빠가 작아졌다

위엄 있던 목소리
끊이지 않던 너털웃음
쉬지 않던 손놀림

물기 없는 눈물 한 덩어리
베어 문다

아빠!

맨션 402호

아주 오래된 아파트
아주 오래된 여자가 혼자 살고 있다

4층 계단을 오르면
녹슨 세월이 충계마다 울고 있다

우편함은 하도 작아서
편지 한 통 외에는 들어앉을 자리조차 없고
해진 쿠폰으로 나일론 바구니라도 얻겠다는 여자
온 천하가 내 것이라고 우겨대고

창문 너머엔 자목련 한 그루 세 들어 살고 있다
훤칠하게 키 큰 목련은
4층 화장실까지 넘겨다보며 실실 웃는다
여자는 오늘도 화장실 물이 안 내려간다고 투덜대고

여자가 두 해가 바뀌도록 보이지 않았다
췌장암으로 서울병원에 입원했다는
무성한 소문만 여름 잡초처럼 자라고 있었다

함박눈이 온 세상을 다 덮어버릴 즈음
민둥머리로 나타난 여자

삐거덕거리던 계단 소리도
쿠폰을 모으는 일도
변기통과 싸우는 일도 사라졌다

다만
자목련이 활짝 웃을 때면
헐거운 창문 힘겹게 열어주며 함께 웃는다

"나랑 같이 살지 않을래?"
이빨 빠진 그 여자의 밥그릇도 덩달아 웃는다

기억의 가면

먹물빛 수면의 기억들
말라붙은 침묵
소리 없이 재촉하는 시계 초침

귀를 닫아야만 들리는 소리
눈을 감아야만 보이는 세상
마음을 접어야만 읽을 수 있는 진실

억겁을 스쳐
찰나에 만난 페르소나

붉은 악마의 유혹이 시작된다

작은 소망

틈새를 벌려
세상에 빛을 들여놓을 줄 아는 넓은 안목 위에
현명하고 지혜로운 판단력을 얹어 주시옵고
실행할 수 있는 대범함으로
두렵지 않게 하옵소서

티끌 하나 담을 수 없는 나약함 버리고
당신만을 바라봅니다

그 후
나는 없습니다

제가 지나온 길
십자가만이 있을 뿐입니다

기다림의 미학

필요하면
내 맘 한 조각 빌려줄게

조각나도
다시 돋아나는 게 마음이더라

대숲에서

거친 바람 몰려온다
버티려 애쓰지 말자
한 점 티끌 대신 청아함으로
아린 속 죄다 비워 낸
푸른 바람 마다 않는 몸부림

비움으로 여문
마디마디

우직한 매끈함
허공으로 곧게 뻗어 오른다

월세방 706호

세월의 무게로 허물어진 몸
링거줄에 매달려 있다

그러게
누가 앞만 보고 달리랬나
해찰도 하고 살았어야지
낮 밤 바꾸어 가며 부서져라 일만 하다가
생을 다 내주게 생겼으니
백기를 든 셈이지

왼쪽 손이 버럭 썽이 나서
수술을 해야만 낫는단다

그나마 일출을 볼 수 있는 전망 좋은 706호
비싼 침대는 뒤척일 수도 없고
멋 부리고 싶어도
늘 한 벌뿐인 환자복이 전부인 남자

석 달 열흘째 제 이름표가 되어버린 출입증 목걸이
여자는 천근만근 무겁기만 하다

월세방 빼는 날에는
반짝이는 목걸이로 꼭 바꿔줄 게 하는 농담에
속도 모르는 보름달
환하게 웃고 있다

은파에서

나무 끝자락 상고대
코끝 시리게 피어오른다

밤새 눈물로 지새운
아련한 그리움
자욱한 물안개로 아침을 깨우고

눈송이로 속삭이는
수줍은 사랑
흔적 없이 삼켜버리는 호수

시뻘건 해는 그리움 품어
호수 깊숙이 잠기고
고요한 정적 위
살짜기 내 맘 걸쳐놓고 옵니다

날고 싶은 번데기

벗어버리고 싶어 발버둥 치는
허영 가득 찬 두터운 외투를 벗어야만
비로소 봄을 마주하는 번데기

허풍으로 포장된 가벼운 말을 벗어야만
무게감이 생기는 언어의 위력
가식의 화려함으로 치장한 옷을 벗어야만
마주하는 내면의 진실
위선의 신발을 벗고 걸어야만
정의를 향한 행보

껍질을 벗은 나비
희망의 봄을 날갯짓한다

아낌없이 벗어야만 두터워지는 생

잃어버린 시간

세상 어느 것 하나 당연한 것 없습니다
누군가의 삶을 녹여 낸 그 자국을 읽어줄 때
죽었던 마음 되살아납니다

하나뿐인 심장을 내 줄 울음
이기적인 사랑
내려놓아야 하는 강한 소유
기다림을 못 기다리는 또 다른 기다림

생각을 도적질 당하고
도적질한 하루마저 좀 먹고 있다

금방이라도 잡힐 것 같은 영겁의 세월
그 틈새로 찰나 되어 바람 타고 흩어져 버린다
시간은 나를 길들이고
나는 시간을 잃어가고 있다

노란 바람의 노래

오늘 밤 불어오는 바람이
열여덟 곱디고운
아이들의 노랫소리인가 보다

하늘의 별이 되어
숲속 바람이 되어
따스한 햇볕이 되어

어디서든 따뜻한 미소로
환하게 빛나는 아이들이기를 바라본다

오늘 밤
내 가슴
눈물에 흠뻑 젖은
촘촘한 별들로 눈이 부셔
잠을 이룰 수 없다

일상에서

세상 별것 없다는 걸 깨닫는 순간,
모든 무게가 덜어지고 깃털이 된 나를 본다
별것 아닌 세상에서 별것인 체하고 살려니
별별 일로 머릿속은 철수세미다
빡빡 닦아 시꺼먼 물 쏟아내 버리자
뚜껑 열어
빗물 한 양재기
햇살 한 소쿠리
웃음은 넘치는 함박으로 옮겨 담아
오늘을 굴려보자

기름 한 방울 없이도 살아가는 인생인데
왜 이리
빽빽하게 굴었는지

야! 이눔아
지금이라도 알았으면 되었다네

홀수

더 채울까
다 비울까

망설임의 빈자리

미련 없이 버리고 떠나야 하는
거침없는 홀 것

천년의 침묵을 부르는 은행나무
그림자 키를 늘려가며
가을 걸음을 재촉한다

새벽 네 시

마음 한 번 올려다볼
하늘 한 조각마저 구겨버렸다
겨우 숨통을 열어 손 뻗고 싶던 하늘
빈 울림뿐

눈 감은 건지 마음 닫은 건지
메인 가슴 빈 메아리 되어
거대한 침묵의 종소리
마을 깊숙이 무거운 그림자로 내려앉는다

포개진 어둠 위
묵직한 종소리
멀어진 빛을 불러 모아 쓰러진다

영겁으로 두터워져 가는
내 안의 너

겨울나무

사랑의 향기마저 날려버린다
제 몸 하나 버티기 힘들어
벌거벗은 외로움
심연으로
파고드는 바람

누가 나를 흔드누?

흰머리

청춘의 잡초 뽑아내고 나니

그 빈자리로 스물스물 올라오는

사금파리마냥 따끔대는 절망

새벽

네온사인으로 가득 찬 불금의 하얀 거품
짭조름한 땀내 녹여내는 밤

훈훈한 인생으로 기울인
초저녁 술잔은
거짓부렁이로
비틀어진 닭 모가지 안주 삼아
씹어대고 씹어대도
답답한 가슴
달빛이 울컥 삼켜버린다

죽을힘 다해
똑바로 걸어 봐도
흔들리는 네온 불빛
세상은 잔혹하게 휘청거리고 있었다

숨죽이던 붉은 닭 울음소리
시뻘건 희망 안고
힘겹게 동이 터 오르고 있다

미친 닭 울음소리 가까이 들려온다

당신의 봄

끼니는 꼭 거르지 말아라
한마디에 눈물로 밥을 말았습니다

의정부 병실에서 지낸 지 벌써 보름째
달도 토실토실 살이 쪘다가
이제는 홀쭉해져 갑니다

눈물이 말라갈 때쯤
환자복 사이 숨겨진 팔다리도
눈에 띄게 가늘어져만 갑니다

열흘 만에 중환자실에서 내려온
열다섯 살 중학생의 힘겨운 통증은
커튼 한 장 사이로
내 아픔인 양 들어와 불면의 무게를 더해갑니다

당신의 아내로 살아가며
마주보기 시간이 턱없이 부족했는지
이곳에 앉히셨나 봅니다

여러 차례 큰 수술을 했고
피부이식수술까지 기나긴 터널 같은 시간

오십여 년 만에 내린 폭설로 몇몇 도시는 고립되었고
계속해서 많은 눈이 내린다는 뉴스특보
한 달여 만에 내려온 일반 병동
시린 손 꼭 잡고 서로의 마음을 데웁니다

지도 한 장 없이
길을 잃지 않고 늘 찾아오는 봄을 알기에

2부

배롱나무 꽃그늘 아래서

사랑,
그 속도를 늦추면 상처가 아물 수 있다는데
심장을 멈추어야만
비로소
그 사랑 끝이 난다는데

촛불

그대가 그리운 밤
촛불 켭니다

따스한 그대 온기 어깨 감싸고
가려운 맘 밝혀주어
불빛에 어린 그대 눈동자
나를 바라봅니다

뜨거운 눈물 쌓일수록
한없이 작아지는 나
그대 보고파
입김 같은 바람에도 가냘픈 흔들림
너에게로 가고픈 나는
어둠 속 헤맵니다

그대가 있어야만 숨 쉴 수 있는
당신의 촛불로
까맣게 이 밤 태우렵니다

너를 만나야
비로소 빛을 발하는
뜨거운 눈물

일기예보

"자기는 항상 소중한 사람인 거 알지
조심히 다녀"
출근길 입맞춤
아내의 사랑고백은 점점 더 뻔뻔해져 가고
삼십 년 고개를 넘어가는데도
남편은 태생부터 쑥스러운지 답변 한 번 없었다

사소한 일로 다투고
서로 모른 체
무관심과 침묵이 며칠째 이어지고 있었다
꽁꽁 얼었던 날은 풀리기 시작한다는데
남편은 여전히 겨울스러웠고
아내는 그 오랜 여운을 눈물로 받아낸다

일찍 퇴근하며 들린 시장바구니는 아내의 마음만큼이
나 무거웠다
"오늘 꽃게무침은 완전 밥도둑인데
밥 한 그릇 더 먹어야겠다"
오래된 금서마냥 꺼낸 칭찬 한마디에
밥 먹다 말고
덥석 입맞춤하는 여자

"며칠째 얼어붙었던 날씨가 점차 풀릴 것으로 예상되오니

내일 출근길은 가벼운 옷차림을 준비하셔도 될 것 같습니다"

기상캐스터의 목소리에서도 봄 냄새가 물씬 묻어나고 있었다

바다는 잠들지 않는다

동해,
그리고 나는
사진에 담지 말고
마음에 담아주면 좋겠다

파도가 잔잔하면 얇은 미소로
폭풍우 치는 파도는 깊은 울음으로
마주하게

사랑으로 왔다가
미움으로 밀려 나가는
이별로 뭉개진 짜디짠 연주곡
달빛 타고 길게 이어진다

내려놓고 왔다 생각했는데
밤새 밀려오는 그대

바다는 잠들지 않는다

숨겨오다

저녁 먹으러 갔다가
예고 없이 받은 장미꽃다발

코르셋처럼 꽉 조여진 철사를 풀고
거추장스럽게 입혀놓은
몇 겹의 드레스를 벗기는 떨리는 손

숨겨놓은 고양이 발톱은 무서워 않으면서
앙칼진 그녀의 가시에 찔리지는 않을까
심장박동 마구 뛴다

그녀의 빨간 볼 너머
부끄러운 속살 보고야 말았다
수줍어 고개 들지는 못해도
매혹적인 시선 감출 수 없고

못내 마음을 숨기는
그녀 입술
정렬보다 더 강하다

그리움에도 주기가 있다

밥을 먹다가
돌연
눈물로 밥을 말아버렸다
앉혀진 눈물 한 덩이 넘기는 게 힘들다
하얀 쌀밥 위에 고기 한 점 이불처럼 덮어주던 저녁
따뜻하고 묵직한 살 내음 이불이 되어주던 밤들
흔적 지우려 다시 찾은 채석강
울부짖는 그대 음성 같아
한 발도 뗄 수가 없다
속도 모르는 파도
나보다 더 크게 울며 다가온다

너에게 갇혀버린 나를 꺼내는 연습을 하고 있다

사랑 1

광대한 우주의 떨림
눈치채지 못하나

사랑은
심장 울림으로 숨길 수 없네

사랑 2

너밖에 보이지 않아

숨바꼭질

하늘 좋아해
너를 품은 하늘
낮달 좋아해
나를 채운 낮달

그대 지우려 애썼는데
숨 가쁘게
달려 나와 기다린다

오랫동안 바라본다

달을 보내지 못한 하늘
너의 하늘이었다

그게 나였어

잃어버린 길

나쁜 놈과 독한 년이 만나
사랑을 한다

들어오는 길은 어려움 없이 왔다

지독한 사랑만 할 줄 알았지
나가는 길은 놓쳐버린 채
서로의 미로에서 맴돌고 있다

신경치료

살 속 깊숙이 들어앉은
치아 하나 들어내는 일
여러 번의 신경치료가 이어졌고

뜨거운 차를 마셔도
차가운 커피를 마셔도
아무것도 느낄 수 없다

조심해야 한단다
이를 씌우기 전까지 쉽게 무너질 수 있으니
이 악물고 버텨온 시간도 있었는데
쉽게 부서질 수 있다니

한쪽으로 조심스레 씹을 때만
사라지지 않는 마취약 냄새
내가 잃은 것은 다만 신경 하나뿐일까

사랑도 그랬었지

들어낸 그 자리

뭍을 사랑한 바다 이야기

파도가 격하게 몰아쳐도
바다는 싸우는 법 없다

한반도를 발칵 뒤집던 태풍 매미
다시 고요함으로 숨 고르고 있다
처음을 견디었던 것일까
마지막을 놓아주었던 것일까

사랑,
그 속도를 늦추면 상처가 아물 수 있다는데
심장을 멈추어야만
비로소
그 사랑 끝이 난다는데

허락 없이 누군가의 마음 훔친 죄

멈출 수 없는 고문으로
파도는 어둠 속에서 잠을 이루지 못한다

계절이 진다

언제 찾아왔는지 모르는 가을
진눈깨비 같은 첫눈을 데리고 왔다

한 계절을 넘어선다는 것
사랑의 길 넘어 이별이 지나는 일

가을이 희미해진다
겨울이 짙어간다

깊은 가슴앓이인 줄 알면서
뒷모습을 볼 자신이 없어
침묵 속 망부석으로 멈춘 걸음
떠나지 못한 물든 가을잎
허공에 매달린 채 아픈 시를 읊는다

긴 겨울
지독스런 감기가 오십을 괴롭히고 있다

사랑 6

된통 아파야만 피는 한 송이
꽃

너

백일홍 1

마음 데이는 줄 알면서
까치발로 기다리는
백일의 눈물

문헌서원 배롱나무꽃 아래에 서다

가까이 두어 무엇하랴
멀리 두고 보아야 죄다 담을 수 있는 시선
하나씩 잃어가고 있을 때 비로소 알았다
늘 주인공은 저 멀리서 지켜보고 있다는 것
편안한 시선이 그리워지는 침묵이고 싶은 날
아직도 만발할 아픔들이 가득한 꽃망울
지독한 슬픈 더위만이
그들을 읽어낼 수 있는 여름의 한가운데 서 있다

꽃무릇

그대가 고프다
살 포개는 밤
농하게 익은 사랑
삭은 가슴 붉게 불태우는

그대 영혼에 피고 지는 꽃

중독

먹어도 먹어도
허기진 굶주림
먹고 또 먹었는데
채워지지 않는 사랑
오늘도 허기진 나의 하루

누가 나 밥 좀 사주실래요

칠 년의 사랑

오로지 하나만을 바라보며
일곱 해를 땅속에서 견디었지

한여름 세상 밖으로 나와
겨우 몇 나절
찢어지도록 우는 울음

잠깐 타는 듯한 사랑

얼마나 아팠으면
얼마나 깊었으면

내려놓은 누군가의 속울음까지 주워 업고서
가슴 후벼파듯 울부짖는다

몇 번의 여름을 보내야 다시 만날 수 있을까
끝없는 장맛비는 쏟아지고

스며들다

애가 탈 텐데
그대 덕에 배시시 웃습니다

옆에 없다고 멀어질까 마음 졸이지만
든든한 울타리 같아 흐뭇해집니다

애(愛)타는 그대 마음
온천지 꽃불 질러놓으셨지요
꽃천지 홀라당 타버릴까 봐
여우비로 모자라 하염없이 뿌려댑니다

사진이 말을 걸어오던 날

그해 겨울, 참으로 많은 눈 내렸었지

기억마저 다 덮어버린 채
둘만의 동화는 시작되었다

설렘
망설임
봄, 여름 지나, 낙엽이 지기를 서너 해
계절도 늙어 나이를 더해갔다

늘어진 시계
사진이 침묵하던 날,

마음 향해 늘 걸어오던 따뜻한 발자국
벙어리 울음 풀지 못한 채
마지막 페이지
한 장 사진으로 멈췄다
사진 속 너는 여전히 환히 웃고 있는데
두 팔 벌린 눈사람의 녹아내리는 웃음

그대 시린 가슴, 아직도 꿈 꾸고 있는가

백일홍 2

한여름 뙤약볕
농창 익어 머무른 빛깔

당신 하나 담지 못해
백일의 눈물
피고 지고

까치발로 기다리는 오뉴월
타들어 가는 더위로
우수수 울어댄다

서성이며 넘나들던 자욱들
불그스레 들켜버린 마음
길 가상만 서성인다

계절의 난간에 서서

헤어질 듯 싸워대던 연인
한고비 넘어서면
어느 것이 진실인지 가늠하기 힘들다
숨어 파고들지만
선명하게 거부하는 순간
나는 너를
너는 나를
밀어내고 있었다 아주 깊숙이

한나절 도망 나왔던
하구둑 언저리
앙상한 갯골
허물마저 끌어안아
어느새 바닷물로 그득 차 있다

너 또한 소리 없이 그림자로 다가선다

가을은 완강히 여름을 밀어내고
겨울을 기어이 불러오고 말았다

메밀꽃

하얀 소금
피어오르는 소복한 달빛
낮은 자세로 바람을 맞이하는
메밀 향 사이로
와락 달려오는
너

3부

흔들리지 않을
상처를 위하여

마신 것보다 더 많은 것을 비워 내야 하고
허물의 언어를 입은 것보다 더 벌거벗어야
살아지는 시간과 마주한다

바람개비

바람개비 마을 돌아 내려오는 길, 밥 한 그릇
솔섬 황금 노을 담아 내려오는 길, 커피 커피 커피
불도장으로 아린 가슴 애간장 녹아내린다

추억의 밥그릇 쌓여가도
환장할 놈의 커피 향 가슴을 볶아대도
눈만 뜨면 허구한 날 헝클어진 머리로 밥상머리 마주
하는 놈
이겨 낼 수 없다는 걸

그만 내려놓자!

이제는 쌓인 밥그릇으로도
가슴 데이는 뜨거운 추억으로도
이겨낼 수 없는 걸

코끝 아리게 겨울바람 불어온다

바람아 멈추어다오!

터널

많이 걸을수록 전혀 다른 세상을 본다

짧은 걸음의 터널은
두터운 위장의 옷을 입은 채
더 뻔뻔함으로 어둠을 덧칠한다

지금을 밀어내어 담장을 세우고
새로움 앞에 나를 던진다

터널 안에 갇혀버린 빛
다시 태어나는 부활이던가

아직도 터널을 걷고 있는가

푸른 빛이 보인다

틈

밤과 새벽의 경계

어둠과 빛의 흐트러진 정렬
사랑과 증오를 넘나드는 혼돈

끝과 시작의 허상을 허문다
쇼팽 녹턴 No.20

오므린 틈으로 하루가 열린다

반지

열 손가락 모두 퉁퉁 부었다
반지 무게에 죄어오는 시간

하루를 풀어 놓는다
생의 마디마디가 아려온다
어디서부터 찾아온 통증인지
가지런히 박힌 다이아는 눈물방울처럼 촘촘하다

놓친 건지
놓아버린 건지
데구르르 굴러가 버린 가벼운 생
묵직한 침묵으로 눌러 놓는다

소리 없이 잠든 반백 년
찬란했던 눈물을 다시 끼워본다
적막 속으로 내려앉은 틀어짐 없는 빈 동그라미

생은 참 달고도 쓰다

적당한 위로

초록 식물들 더디게 자라는 걸 보니
매서운 겨울이다

보이지 않는 뿌리
얼어붙은 터널을 지나기 위해
나지막한 키 두터운 잎으로
침묵을 버팀한다
하늘 향해 자랄 수 없다고 실망하지마
뿌리로 더 깊게 숨 쉬고 있으면 돼

지금이면 충분해
너 잘하고 있어

척, 척, 척

헌금을 가장한 현금
혼례를 미화시킨 홀레

세상은 척이다
척 척 척

아닌 척
아는 척
모른 척
잘난 척

헌금인 척 하지만 탐욕을 꿈꾸는 현금이 아니길
사랑인 척 하지만 욕정을 꿈꾸는 홀레가 아니길

세상이 척척 굴러가면 좋으련만

블랙홀

집어삼키는 절제
끝과 시작의 혼돈
날카로운 직선들의 뒤틀림

젖지 않는 영원불멸의 안전지대

흔들리지 않을 상처를 위하여

내가 먼저 떠나게 해 줘

사람을 버리고
어둠 속에서도 거북이를 더듬는 건
거북이는 나보다 오래 살고
빠른 걸음으로 도망갈 수 없으니
적어도 거북이의 등을 보는 일은 없을 거라고

순간 무서웠다

깊은 사랑이 아닌
헤어 나오지 못할 이별을 향하고 있구나
그 웅덩이에서 생을 마감할지도 모른다는 생각이 들었다

순간
멈춘 호흡
깊고 길기만 하다

사랑,
두렵다

홍매화

겨우내 숨겨 온 입김마저 뜨거운
봄바람
툭

고개 한 번 들지 못한 채
꽃가마 타던 날
농창 익은 꽃망울 수줍게 터뜨리며

새하얀 면사포 사이
검붉은 빛 물들이네

별들의 전쟁

벼레별 잡놈의 별것들
고개 처들고 나와
지랄 떠는지
별나 시끄런 밤

인간 세상 별 다를 바 없더라

큰놈의 달덩이 떠억 하고 버틸 땐
잘난 별, 튼실한 별, 내놓으라 하는 놈들의 별들만
고개 내밀어
점잖이 한자리 하더니만

그믐 찌그러진 달
찍소리 안 하고 앉았더니
벼레별 잡놈 별들
떠들어 대느라 오사게도 시끄럽네

뭣 할라고 염병할 놈의 아침은 밝아온다냐
튀는 불똥에 꽁지 내리느라 모두 똥줄 빠지네

먼 길

세상에서 가장 먼 길
사람과 사람 사이
반백 년을 다가가도
그대에게 다가설 수조차 없는…

향적봉

밤새 채워도 모자란 쪽달
마음속에 품어보아도
새벽서리에 움츠려든다

속내 들킬까
얼음꽃 피워 숨겨보지만
빛으로 파고드는 유리 같은 설움

햇살 한 점에 다 벗겨져
녹아내릴 인생의 허물
수많은 사람이 내다 버린 생의 파편
산등성이 裸木 위 얼음꽃으로 피어올라
바람 한 점, 햇빛 한 조각 부를 수 없는
침묵으로 깊어만 간다

누군가가 덜어내고 간 생의 흔적들
버거운 무게 견디지 못한 채
눈더미로 와락 쏟아져 내린다
천년을 침묵하는 古木를 지나
미명이 서서히 열리고 있다

詩는 아프다

그 아픔
훤히 들여다보여
더 아프다

찰나를 지나며 억겁으로 쌓은 반백 년
주춤거리다 조각난 상흔
수천 수만 번
달구었다 식혔다
소리 내지 못하고 울고 있다

한 생애 속에서 달구어진 눈물
詩로 받아 담는다

사랑 3

너조차도 보이지 않아

사랑 4

내 몸에 맞지 않아

버릴까

없으면 못 견딜 것 같아

다시 끌어안는다

모순

마감 원고 새벽을 깨운다

게을렀던 시간 고백하며
기억 더듬어 게워 내는 언어 행렬
실타래처럼 얽히고설키고

꼬르륵
글이 말라비틀어져 새어 나는 소리
오랜 허기는 몇 그릇의 문장으로 채울 수 없음을

있어도 안 마시는
없어서 못 마시는
술털이 하는 남자
어느 것 하나 남겨두지 않는다
아팠던 과거가 온몸에 자리 잡은 흉터를 지울 수 없
는 대신
마음의 벽도 두터워져 간다

마신 것보다 더 많은 것을 비워 내야 하고
허물의 언어를 입은 것보다 더 벌거벗어야 살아지는 시
간과 마주한다

석별

부산 조카 군대 간다는 소식
"이모가 워낙 많이 울어 우리 엄마가 조금밖에 안 울었
어요"
훈련소 들어가는 순간까지 엄마 걱정

영혼을 내려놓아야 버틴다는데
자다가도 벌떡
신종형 인간 제조 위해
잠꼬대마저 훈련하는 네모난 훈련소

죽어야만 살 수 있다는 청춘집합소
훈련소 고함 소리
한여름 매미 소리 업고 뜨겁다

올여름 유난히 길고 덥다는데

흔들리는 건 파도만이 아니야

숨 막히는 꽃향기로 다가와
바다 깊숙이 낙화한다

그대 기억 밀어내려는
고요한 눈물
밤새 삼켰다 내어놓으며
깊숙한 바다 요동친다

흔들리는 건
파도만이 아니라는 걸

이미 그대는
썰물에 잠긴 섬으로 멀어져갔다

동면

멈추어 버린 시간을 찾으러 왔다

긴 주삿바늘
숨죽이고 바라보는
한 치의 오차도 없는 침묵의 소리

뚝 뚝 뚝
링거줄 사이로
일정하게 얻어지는 생명수
잃어버렸던 시간을 되찾는 걸까

우선
하루는 안정을 찾았고
일주일은 지켜봐야 하고
모자라 손 내밀면
몇 달,
몇 년쯤은 거뜬해지리라

한치도 쓸 수 없었던 시간을
허름하게 누벼놓은 환자복 사이로 받을 수 있었다

안정을 되찾았을까
푸른 하늘이 보였고
때마침 들어온 한 줄의 글귀가
이번엔 마음을 찔러왔다

닦아 낼 새 없는 눈물을 보며
나만큼이나 파르르 떨며
아프죠?
얼른 찾아드릴게요

삶에 눌려버린 솜털 같은 꿈들이
부글부글 일어나
가슴에 담기 힘들어
끝도 없는 하늘에 던져버렸다

바람 타는 구름 좀 보소
딱 내 마음이네

4부

엄마가만이사랑한다

제 몸 시뻘겋게 사르고
모조리 내어주고
주저앉으신

엄마

엄마꽃

"시간 되면 잠깐이라도 댕겨가라
니, 에미 계속 살 것 같아도
언제 불러갈지 모르니께
쌀도 떨어져 갈 때 되었겠는디"

"항시 밥은 먹고 다니냐
항시 운전 조심하고
항시 최 서방한테 웃는 낯꽃으로 잘하고"

"우리 딸 엄마가 사랑한다"
전화 끊기 전 잊지 않고 마음 도장 꾸욱
한 줄 더 덧붙이시는 날은 다리가 덜 아프신 날이다
"엄마 딸로 태어나 줘서 고맙다"

나처럼 활짝 웃는 수국 화분 갖다 놨으니
큰딸이다 생각하고
이야기 하고
물 주고
예뻐해 줘

"넌 어찌 내 맘을 그리도 잘 아냐"
꽃만 바라보며 눈물 훔쳐내는 엄마를 두고 집으로 왔다

늦은 밤 걸려 온 엄마 전화

"워메 전깃불 안 켜도 쓰겄다
어쩜 요렇게도 꽃이 환하다냐
느그 아부지랑 잠이 안 와 꽃만 보고 있다"

며칠 있다 한 번 더 다녀와야겠다
지지 않는 엄마꽃

뭐 한다냐

밥만 먹으면 시 쓴다는 철학괴짜
삼시 세끼 꼬박꼬박 먹는

너는 뭐 한다냐

아버지 잠바만 입으면 글이 쏟아진다는데
내 옷장은 넘쳐나는데

너는 뭐 한다냐

달

그토록 바라보고 싶어
까치발로 기다린다

달님은 그것도 모른 채
늘 모습을 바꾸어 도망간다

멀리 나가 있는 큰딸이
눈에 밟혀 전화기 들었다 놓는다

보름달로 부풀던 마음
반쪽 되어
먼 하늘에 걸렸네

연꽃

꽃이 진다
한 생이 아문다

화려한 몸짓의 마지막 웃음
모진 영혼 내어주던 육탈의 씨방
하늘 향한 초록 한 점마저 비워 내어
사리로 쏟아낸 굵직한 눈물 뿌리

다음 생의 문을 연다

꽃이 핀다
생이 여물어간다

메아리

메마른 목소리
산벽 따라 바람을 울려댄다

이탈된 영혼의 울림

노을

마지막,

하늘에
불을 놓는다

그대가 심은
불씨 하나로
남김없이
내어주고 말았다

동짓달 그믐밤

접어야 하는가
펼쳐야 하는가

회초리가 필요한 건지
위로가 필요한 건지

그날 밤
녹이 슨
어둠의 담을 허물고 있었다

보기만 해도 배부르다

가족 모두가 아침 밥상에 둘러앉은 날

"오늘이 무슨 날이냐?"

엊저녁 맛있게 먹고 남은 감자탕 한 그릇
한쪽으로 밀어내는 친정엄마의 모습
철없는 손주는 한마디 건넨다

"할머니는 우리가 먹는 것만 봐도 또 배부른가 봐"

보기만 해도 배부른 게 있으랴
포대기에 업힌 코흘리개들의 칭얼댐이 가물거린다
배고파 잠 못 자는 새끼들 입에 한 수저라도 넣어
주고자
차디찬 새암물로 배 채우며
버티던 설움

뱃속 것 다 내줘 가며 키운 내 새끼들

이 에미 견디어 온 삶이 버거워
기억마저 죄다 비우고 마주 앉을지라도
허연 쌀밥 위에 고등어 대가리 대신
통통한 살코기 한 점 얹어 줄 수 있겠니?
저세상 가려고 비워 낸 백발의 파안 위에는
우리 새끼들 따뜻한 웃음 가득 올려서 말이다

병상일기

"엄마 죽지 마"

사랑방으로 내밀린 채 열병을 앓았던 엄마
일곱 살 꼬마는 무서웠는지
잠겨버린 문고리 앞에서
밥도 안 먹고 울기만 했었다

노모의 약한 두 다리로는 모자라
딸 셋, 아들 하나
지팡이로 내어드렸건만
더 절뚝거리며
더 느려진 생

그러다 덜컥
대장암이란다

"내 갈 곳은 인자 한 군데 밖에 없다"
팔순이 된 노모의 느려진 회복을 기다리며
'엄마 죽으면 안 돼'
엄마의 담장에 모든 것을 다 기대고도 모자라
가시덤불 울타리라도 찔리고 싶었다

내가 엄마였다가
엄마가 나였다가
서로를 뜨겁게 삼키며
차갑게 내어놓다가
주름진 골짜기로 눈물을 숨긴다

"엄마 딸로 태어나서 좋았네"
꼭 쥔 두 손으로 느껴지던 따뜻한 기운
며칠째 이어지던 열이 내려가기 시작했다

'엄마 이겨내 줘서 고마워'
그 일곱 살 꼬마
이를 악물고 눈물을 참는다

틈새

제아무리 좋은 들보라도
틈이 없으면

받아들일 수도 없다
기댈 수도 없다

서로 버팀목이 되어줄 수도 없다

달팽이

주말, 두 시간을 달려 친정집을 다녀왔다

밥해 먹기 힘든 성치 못한 다리로 텃밭 가꾸어
팔순 엄마가 챙겨준
빼곡 눌린 푸성귀 사이 달팽이 한 마리
더듬이 한 뼘 빼고서
때아닌 불빛에 두리번거린다

그냥 상추밭에 있지
어쩌자고 따라와
물설고 낯선 땅에서 길을 헤매는가

가진 것 없이 떠나와 나 이렇게 살 듯
그나마 집 한 채 등에 지고 따라왔으니
사는 데까지 살아보아라
비 내리는 늦은 밤
풀밭에 놓아주러 간다

그 먼 상추밭이 눈에 밟히는 저녁

엄니

팔십 평생 아버지 의지하다 홀로 된 지 두어 해
아버지 떠나시며 기억마저 집어 가신 건지
점차 희미해지더니
혼자 지내기 힘든 상황이라
며느리 노릇 하느라 모시고 오게 되었다

하나뿐인 아들 매일 볼 수 있어 좋으시다며
"날마다 우리 아들 얼굴 본 게 좋다야 아이구 좋아"
아버지 똑 닮은 아들을 뒷짐 지고 지긋이 바라보신다

"대바구니 이고 전국 오일장 찾아다녔제
새벽같이 일어나 얼음 깨고 쇠죽 끓이느라
손가락이 땡땡 얼어도 동상인지도 몰랐제
그때는 힘든 줄도 몰랐어야
딸 넷 낳고 아들 하나 낳은 것이 그렇게도 이쁘고 좋았
응게"

팔순고개 넘느라 힘든 엄니
말을 놓쳤는지 종일 한마디 없다
무거운 기억마저 내려놓고
눈만 뜨면 앞산 바위만 바라본다

바위는 무엇을 품었는지
물난리 속 마을이 잠겨 산 아래 집들은 무너졌다는데
제 자리 벗어나 본 적 없고
신작로 넘은 마을까지 태워버린 불구덩이 속에서
제 몸 지켜내던 바위
작은 체구 팔순노인네 바위처럼 앉았다

서릿발 내린 머리 아들에게
침묵으로 묻는다

불구덩이 속에서도 오늘 괜찮았냐?

이제라도 알았으니

엄마는 커피를 싫어하는 줄 알았다
폴리백 소파에 머리부터 발끝까지 기대어
삭아버린 당신 몸 가만히 앉는다

난생처음으로 대형카페 가시던 날
"엊그제 고추 따다 치다 본 하늘이랑 같은데
여그서 쳐다봉께 별나 더 이쁘게 보인다"
한숨 뒤 소리 없이 눈물을 닦아내는 두 손

"만 원짜리 몇 장이라야 느그 아부지랑 커피 마실 수 있
다냐?"

푸성귀들 그저 자연이 주는 선물이려니
내 어미의 눈물 내 아비의 땀방울
녹아난 줄 모르고

"여그 걱정 말그라"
"태풍 분다하니 올 생각 말아라"
"내가 다 알아서 할테니 이런 것은 일도 아니여야"
엄마 말 그대로 들었다네

여름휴가 가던 어느 해
"여기 몽돌 집어 가면 순사가 잡아가"

"아버지는 논에서 불러대고
나는 밭에서 불러대니
차라리 잡혀갔으면 좋겠다"

창문 넘어 논을 하염없이 바라보다
"여기 이러고 있습시다"
아빠의 두 손을 꼬옥 감싼다

연탄

전부 바스러지고 나서야 알았지

제 몸 시뻘겋게 사르고
모조리 내어주고
주저앉으신

엄마

이사 가던 날

넓은 집 이사 가던 날
친정엄마 눈물 훔치고
딸은 좋아서 연신 웃음꽃
세 모녀 둘러앉은 자장면은
일품요리 못지않은 맛

초대장 없이 거실 한자리 차지한
무당벌레
반나절 미동조차 없이
무심코 지난 며칠

창문 열면 날아갈 줄

나는 법을 잊은 채
그대로 말라버린
붉은 한 점

여자가 돌아왔다

보름이 지난 부재의 작은 흔적은
번호키를 누르면서도 갸우뚱

아무도 없는 시간인 줄 알면서도
"내가 돌아왔다, 안녕"
외쳐보는 씩씩함
햇살에 멀대같이 키만 커버린 화초들도
지친 얼굴로
대답을 대신한다
퀴퀴한 냄새만이
그녀의 귀환을 맞아주고 있었다

빵빵대며 거실을 꽉 메우고
유리창에 부딪히는 자동차 소음만이
사람소리 대신 생동감을 돌게 한다

여자의 발걸음은 빨라졌다
덜그덕 덜그덕
발길이 멈춘 곳은 주방
어쩔 수 없는 여자만의 자리였던가

여자가 돌아왔다는 것
빈 냄비가 하나씩 채워져 가고
삐뚤어진 것들 반듯한 자세를 잡아가고
쌓였던 것들 제자리를 찾아간다는 것

보름 동안 멈추었던 시계
꾸역꾸역 태엽 감는 여자를 향하여
"퇴원한 지 하루도 안 지났다 몸부터 챙겨야지 엄마!"

아차
여자는 엄마라는 이름이
있다는 것을 그제서야 알았다

엄마가만이사랑한다

구불어진 글자
어긋난 맞춤법
아부지의 고장 난 치아 같은
엄마가 내민 네 장의 편지봉투

전화로 자주 들려주던
사랑한다는 말보다
드물게 적은 몇 글자

'은경이엄마가만이사랑한다'

서두른 김장 준비로 허리 한 번 못 펴고
밭고랑 같은 손으로 눌러 쓴
글씨마저 힘겨워 보인다

더 아끼고 사랑한다며 내민
며느리 용돈 봉투
제주도를 건너온 비행기 굉음보다
더 크게 울리고 있었다

오래된 고목 한 그루
세화리 짠바람에 노랗게 가을을 낙하한다

엄마의 책

책 읽기 싫은 날 사진을 들여다본다
졸음을 불러오는 느린 책보다
잽싸게 바뀌는 화면은
오던 잠도 싹 달아나기에 충분한 녀석이었다

엄마 생신에 모인 가족사진
사오 년 전 큰 병 앓더니
지팡이 아니면 걷기 힘들다
딸, 사위, 손주들에 싸여 연신 웃는 표정
두 분의 표정을 읽고 또 읽고
아픈 한 페이지 넘기지 못한다

느그들이 이렇게 커버렸는디
늙을 수밖에
우리가 없더라도 형제간 우애하며
내 몫까지 잘 살아라

다시는 올 것 같지 않은 밤
눈물로 더딘 책 한 권을 읽느라
밤이 두터워진다

빙벽

끝내려는 단호함
시작하려는 설렘

눈감은 척 늘어지는 무관심
귀는 바짝 열어 끊길 듯 팽팽한 감정줄
여름과 겨울을 넘나들며
나이를 더해간다

사랑 5

누군가가 버리고 간 언어로
하는 몸짓이 아니기를

너에게 나 처음이기를
나에게 너 처음이기를
설렘도 처음이기를

마지막으로 마침표를 찍던 날
이별의 처음이었다

낮술

철면피를 뒤집어쓰고
나를 잃어버린 척
아무도 아닌 척
힘겨운 세상과
맞서고 싶을 때 쓰는 가면

낮술 마시자는 사람들이 늘고 있다

뻐꾸기

한눈파는 사이
내 손 가득 쥔
마흔 하고도 대여섯쯤

남김없이 도둑맞았다
고개 저으며 째깍째깍

시치미 뚝

뻔뻔하려면 저 정도는 되어야 하는데

정오를 알리는 뻐꾸기 소리만 요란하다

사랑의 고통을 환희로
변화시킨 언어미학

손희락(시인·문학평론가)

해설

사랑의 고통을 환희로 변환시킨 언어미학

손희락(시인·문학평론가)

1. 사랑, 그 양면성

사랑은 21세기 구원의 화두이다. 심적 상처와 고통을 예견하면서도 양성 간 결합을 선택한다. 사랑의 환상에서 깨어난 자아는 치명적인 상처를 입기도 한다. 프롬은『사랑의 기술』에서 인간은 고독한 존재라고 말한다. 시인 김은경은 황홀한 사랑을 체감했지만, 고독에 젖어 있다. 운명적 만남에서 상처를 입었지만 절망하지 않는다. 고통을 환희로 변환시킨 시 짓기를 즐긴다. 때론 자기 상처를 긁어 생채기를 낸다. 그리움이 깊을 때면 벅벅 긁을 때도 있다. 추억을 소환한 상처가 덧나면, 슬픔에 젖은 그 지점에서 새로운 시가 쓰여진다. 아름답지만 슬픈 자아를 토닥거리며 불변의 사랑을 노래한다.

필요하면
내 맘 한 조각 빌려줄게

조각나도
다시 돋아나는 게 마음이더라

—「기다림의 미학」 전문

"마음"을 빌려준다는 표현은 참 따뜻하다. 삶에 지친 독자에겐 위로가 된다. "맘 한 조각"의 의미는 언어적 나눔과 공유를 뜻한다. 평자는 김은경의 텍스트에서 상생의 원리를 발견한다. "조각나도 다시 돋아나듯" 그의 시는 끝없이 솟는 샘물과 같다. 인간은 욕망하는 존재이다. 자신보다 독자를 더 사랑하겠다는 시인의 욕망은 아름답다. 시의 언어 한 조각씩 나누어가며 상처 입은 독자를 끌어안는다. 지역 불문, 시공 초월하여 읽히는 언어의 마력과 시적 효용을 확신했기 때문이다.

그대가 그리운 밤
촛불 켭니다

따스한 그대 온기 어깨 감싸고
가려운 맘 밝혀주어
불빛에 어린 그대 눈동자
나를 바라봅니다

뜨거운 눈물 쌓일수록
한없이 작아지는 나
그대 보고파
입김 같은 바람에도 가냘픈 흔들림
너에게로 가고픈 나는
어둠 속 헤맵니다

그대가 있어야만 숨 쉴 수 있는
당신의 촛불로
까맣게 이 밤 태우렵니다

너를 만나야
비로소 빛을 발하는
뜨거운 눈물

—「촛불」 전문

　삶에 촛농이 달라붙은 정황은 시인의 자화상이다. 가슴
에 품었던 존재에 대한 그리움을 독자와 공유한다. 3연에서 "너에게로 가고 싶다" 독백하지만, 실현 불가능한 상황이다. 사랑은 상대성이다. 혼자서는 타오를 수 없다. 이 시의 궁극적 지점엔 애절한 그리움과 불변의 사랑이 놓였다. 김은경의 사랑은 생의 마지막 순간까지 타오르는 지독한 사랑이다. 행간에서 절절한 그리움이 표출되었지만, 슬픔에 매몰되지 않는다. 정겨운 기억, 아픈 그리움, 눈물 젖은 사랑이 융합된 공간에 자아를 우뚝 세운다.

이 시의 사유는 자아에서 타아로 이동한다. 언어 속에서 흐느끼는 모습을 각인시켜 독자의 동참을 유도한다. 화자의 시는 슬프고도 아름답다. 한 여자의 사유, 생의 독백인 때문이다. 사랑의 슬픔은 그만의 전유물이 아니다. 이 세상을 살아가는 모든 독자가 체감하는 공통된 아픔이다. 사랑의 상처는 운명이다. 사랑의 부작용은 촛불 밝힌 아픔으로 표출되었으나 그 순간이 행복하다는 메시지를 독자에게 전한다. 슬픔과 기쁨, 고통과 환희는 사랑의 양면이다. 어느 한 면만 탐닉할 수 없는 것이다.

2. 사랑의 본질 ― 불변의 그리움

그리스어는 세 가지 사랑의 말이 있다. 에로스(Eros), 필리아(Philia), 아가페(Agape)로 구분한다. 에로스는 감각적, 본능적인 사랑이다. 인간은 감정의 수수작용 없이는 존재할 수 없다. 생의 마지막 순간까지 사랑을 갈망한다. 지독한 사랑, 가슴 벅찬 사랑이라도 인간의 사랑은 한계점

이 있다. 절대자가 인간을 구원하는 아가페에 이르지는
못한다.

밥을 먹다가
돌연
눈물로 밥을 말아버렸다
앉혀진 눈물 한 덩이 넘기는 게 힘들다
하얀 쌀밥 위에 고기 한 점 이불처럼 덮어주던 저녁
따뜻하고 묵직한 살내음 이불이 되어주던 밤들
흔적 지우려 다시 찾은 채석강
울부짖는 그대 음성 같아
한 발도 뗄 수가 없다
속도 모르는 파도
나보다 더 크게 울며 다가온다

너에게 갇혀버린 나를 꺼내는 연습을 하고 있다

—「그리움에도 주기가 있다」전문

이 시의 캐릭터는 슬프다. 에로스가 혼합된 플라토닉
사랑의 절정을 묘사한다. 1연에서 밥을 먹다가 눈물에 젖
는다. 그 후 "흔적을 지우려 채석강"을 찾는다. 전북 부
안 지역에 위치한 채석강은 사랑을 단절시킨 지점이지만,

추억의 물길은 묵묵히 흐른다. 김은경의 생에서 망각되지 않는 강이다. 이 시를 음미하는 독자의 가슴에도 언어의 채석강이 흐를지도 모른다. 흐르는 강물이 "울부짖던 음성" 같이 들렸다는 표현에서 사랑의 깊이와 넓이를 유추하게 한다. "너에게 갇혀버린 나를 꺼내는 연습을 한다"는 시적 결론에 주목해보자. 추억의 강에 침수된 자신을 꺼낸다는 표현은 특이하다. 시의 제목으로 취택되면서 "그리움의 주기"가 등장한다.

　김은경이 의식한 '그리움의 주기'는 일정하지 않다. 시간적으로 불규칙하지만, 소멸되지 않는다. 시인은 그리움의 엄습에서 이탈을 원치 않는다. 추억이 출렁이는 강물 속으로 가라앉고 싶은 심정이다. 그가 사랑했던 대상은 멀리 있어도 사랑의 그리움은 반복된다는 메시지를 전한다. 이번 시집의 표제를 『흔들리지 않을 상처를 위하여』라고 붙인다. 흔들리지 않는다는 표현은 '불변'을 뜻하기도 하지만, 아물지 않을 상처를 간직했다는 의미가 더 강하다. 한 여자의 생을 파고들어 놓아주지 않는 존재와의 운명적 결합, 지독한 사랑이다.

　나쁜 놈과 독한 년이 만나
　사랑을 한다

　들어오는 길은 어려움 없이 왔다

지독한 사랑만 할 줄 알았지
나가는 길은 놓쳐버린 채
서로의 미로에서 맴돌고 있다

—「잃어버린 길」 전문

　1연에서 지독한 사랑을 나눈 주체와 대상을 소개한다.
① 나쁜 놈 ② 독한 년이다. "나쁜 놈"이라는 표현은 남
성비하가 아니다. 동행의 길에서 이탈한 존재라는 의미이
다. 시인은 인연의 의미를 깊이 있게 탐구한다. 이 세상에
서 파트너를 잃어버린 채 홀로 걷고 있는 독자에게 다가
선다. 시적 상상력을 촉발시키면서 대화를 시도한다.
　시인은 미로에서 길을 찾는다. "나쁜놈"의 환시, 환청을
수시로 체감하면서 슬픈 생을 아름답게 기획한다. 사랑의
본질이 불변임을 이 시대 인간에게 전한다. 만남과 이별
이 너무 쉽게 형성되는 현실을 타파하기 위해 독한 년의
정서적 끼를 불태운다. 고로 그의 시는 특이한 매력을 발
산한다. 그는 아픔으로 흐느끼지만, 독자의 정서엔 환희
가 되는 기이한 현상이다.

열 손가락 모두 퉁퉁 부었다
반지 무게에 죄어오는 시간

하루를 풀어 놓는다
생의 마디마디가 아려온다
어디서부터 찾아온 통증인지
가지런히 박힌 다이아는 눈물방울처럼 촘촘하다
그녀는 애욕한다

놓친 건지
놓아버린 건지
데구르르 굴러가 버린 가벼운 생
묵직한 침묵으로 눌러놓는다

소리 없이 잠든 반백 년
찬란했던 눈물을 다시 끼워본다
적막 속으로 내려앉은 틀어짐 없는 빈 동그라미

생은 참 달고도 쓰다

—「반지」 전문

김은경의 언어는 난해하지 않다. 언어적 장치는 배제되었지만, 풀어짐과 함축의 경계를 이탈하지 않는다. 시의 독자를 배려했기 때문이다. 반지의 내역에 대한 보충실명은 생략되었다. 동그란 형태엔 불변으로 굳힌 언약이 녹아 있다. 열 손가락이 통통 불어도 밀착하고픈 증표이다.

4연에서 "찬란했던 눈물을 다시 낀다"는 고백처럼 존재의 온기를 느끼고 싶은 중독성 강한 반지이다. 시의 결미는 오묘하다. "생은 참 달고도 쓰다" 이 시는 과거를 추억하는 내용이지만, 사랑의 본질세계로 견인한다. 이 시를 음미하다가. 장롱 속, 혹은 책상 서랍에 방치된 언약 반지를 찾아서 매만지는 독자도 있을 것 같다. 시인의 언어는 동그란 반지처럼 진솔하다. 반지가 시인에게 말을 걸고 자아가 답하는 그런 삶이다. 퉁퉁 불은 손에 반지가 반짝이는 한, 그의 사랑은 불변이다. 한 인간의 생을 대변하는 최고의 반지를 소유하고 있다. 슬픔과 추억의 부자인 그녀에게 "생은 달고도 쓴 것"이 분명하다.

3. 사랑에 대한 아날로그적 사고의 고착화

21세기는 물화된 욕망이 교묘하게 변주되면서 진실한 사랑이 희귀해진 때이다. 시인들의 목소리도 인간의 탐욕, 사랑의 변질을 질타하지 않는다. 물화된 의식이 멸망의 지름길임을 깨우치지도 않는다. 대낮에도 모텔 불빛이 화려한 이 세상은 중병을 앓고 있다. 시인 김은경의 자의식은 아날로그적이다. 그의 시적 고백은 사랑이 변질된 현시대엔 부합하지 않는다. 현실엔 맞지 않지만, 독자의 원초적 욕망을 자극하여 호기심을 유발한다. 인간의 의식이 변질되기 전, 참사랑의 원형인 때문이다. 현대인의 사랑은 쾌락적 유희다. 양성 간의 정사 정도로 생각하는 경향이

짙다. 시인은 육체적 감정을 초월한 참사랑의 의미를 깨우친다.

헌금을 가장한 현금
혼례를 미화시킨 홀레

세상은 척이다
척 척 척

아닌 척
아는 척
모른 척
잘난 척

헌금인 척하지만 탐욕을 꿈꾸는 현금이 아니길
사랑인 척하지만 욕정을 꿈꾸는 홀레가 아니길

세상이 척척 굴러가면 좋으련만

—「척, 척, 척」 전문

시인의 자의식이 표출된 작품이다. 가장 싫어하는 현상은 「척, 척, 척」 가면을 착용한 위장된 삶이다. 겉과 속이 다른 이중인격이다. 이런 현상을 배척한다면 그의 삶은 점점 힘들어지고 인간관계는 고독해진다. 교회의 헌금과 아름다운 사랑, 두 영역에선 가장 진실해야 한다는 주장이다. 헌금은 절대자를 향한 인간의 겸손이고, 사랑은 인간과 인간의 언약 행위이다. 현대인의 사랑은 찰나적이어서 허망하다. 2연에서 시인은 "세상은 척이다" 독백하며 가슴 아파한다. 고로 김은경의 시는 언어이기 전에 깊은 슬픔을 수렴한 영혼의 울부짖음이다.

누군가가 버리고 간 언어로
하는 몸짓이 아니기를

너에게 나 처음이기를
나에게 너 처음이기를
설렘도 처음이기를

마지막으로 마침표를 찍던 날
이별의 처음이었다

—「사랑 5」 전문

시의 첫 연에서 내뱉는 표현은 예사롭지 않다. "누군가 버리고 간 언어로 / 하는 몸짓은" 사랑이 아니라는 단정이다. 둘째 연은 새로운 언어, 처음 표출된 고백이어야 한 다는 특이한 주장이다. 각 연에서 "처음"이란 단어가 반복 사용된다. 시인의 의식은 원초적이다. 시작도 처음, 이별도 처음이어야 한다. 시의 독자는 이런 의식을 거부할지도 모른다. 그러나 절반의 독자는 수용할 것 같다. 현시대에 저항하는 아날로그적인 메시지는 새로운 사랑의 불꽃을 지피는 계기가 될지도 모른다. 사랑의 넓이와 깊이는 통념적인 의식을 초월한다. 급변한 세상에 동화되지 않고, 오직 한 사람을 바라본다. 그때 등장하는 단어가 "처음"이다. 처음 사랑으로 종결되는 인생, 1970년엔 가능했지만, 지금은 거의 불가능한 정황이다.

　　너밖에 보이지 않아

　　—「사랑 2」전문

　　시인 에이츠의 「A Drinking Song」 시구에서 "사랑은 눈으로 들고, 술은 입으로 든다"라는 말이 있다. 사랑이 눈으로 든다는 표현에서 알 수 있듯이 존재를 향한 눈길은 오직 한 사람을 향할 때만 참사랑이다. 김은경은 "너밖에 보이지 않아"라는 한 줄 시로 독백한다. 사랑의 대상이 그의 곁에 머물고 있는지는 알 수 없다. 동행, 동거의 유무는 초월의 영역일 수 있다. "너밖에 보이지 않아"

독백한 한 줄의 시가 인간의 병든 의식을 치유한다. 이 시는 음미하는 것보다 소리 내어 읽을 때 행복해진다. 만남에서 이별까지, 생에서 죽음까지, 오직 한 사람을 소망한 존재적 가치는 고귀할 수밖에 없다. 자유롭게 만나서 헤어지고, 술과 육체로 교감하는 현실에서 그는 특이한 존재이다. "너밖에 보이지 않는" 그 정황이 운명임을 깨우친다.

4. 환희와 희망으로 치솟은 시편들

세월의 무게로 허물어진 몸
링거줄에 매달려 있다

그러게
누가 앞만 보고 달리랬나
해찰도 하고 살았어야지
낮 밤 바꾸어 가며 부서져라 일만 하다가
생을 다 내주게 생겼으니
백기를 든 셈이지

왼쪽 손이 버럭 씽이 나서
수술을 해야만 낫는단다

그나마 일출을 볼 수 있는 전망 좋은 706호

비싼 침대는 뒤척일 수도 없고
멋 부리고 싶어도
늘 한 벌뿐인 환자복이 전부인 남자

석 달 열흘째 제 이름표가 되어버린 출입증 목걸이
여자는 천근만근 무겁기만 하다

월세방 빼는 날에는
반짝이는 목걸이로 꼭 바꿔줄게 하는 농담에
속도 모르는 보름달
환하게 웃고 있다

―「월세방 706호」 전문

　고통스러웠던 순간의 재생이다. 삶과 죽음이 교차했던
병실을 잊지 못해 독자와 공유한다. "석 달 열흘" 월세방
에 머물렀던 그 순간들은 생에서 체험한 공포의 시간이
다. 환자복을 착용한 눈빛을 향한 그의 기도는 애절할
수밖에 없다. 아픔 속에서, 절망 속에서, 김은경의 시는
쓰여지고 환희의 불기둥으로 치솟는다. 월세방 과거보다
현재의 삶이 풍요로운 것은 아닌 것 같다. 아직 퉁퉁 불
은 손가락에 언약의 반지를 낀 채 시를 쓴다. 시가 쓰인
지점은 처연한 공간이다.
　그의 체험은 독자와 공유된다. 모든 인간의 현실이 유

사하거나 동일하다. 김은경의 시는 고통에서 희망으로 변환된 환희의 목소리이다. 시적 언어의 표면에서 고통스런 삶을 진술하고, 그 이면에서 절망을 극복하는 비법을 공개한다. 그 비법은 사랑뿐이다. 시인은 소외된 영혼의 손을 잡아 일으켜 세우고 싶어 한다. 소통, 공감을 통해서 구원의 길로 이끌어간다. 고로 소통, 공감이 상실된 시는 죽은 문자이다. 죽은 언어는 운동성과 확장성이 없다. 「월세방 706호」를 비추던 달은 희망의 달이다. 그 보름달의 변형체가 김은경의 시 세계다.

세상 별것 없다는 걸 깨닫는 순간,
모든 무게가 덜어지고 깃털이 된 나를 본다
별것 아닌 세상에서 별것인 체하고 살려니
별별 일로 머릿속은 철수세미다
빡빡 닦아 시꺼먼 물 쏟아내 버리자
뚜껑 열어
빗물 한 양재기
햇살 한 소쿠리
웃음은 넘치는 함박으로 옮겨 담아
오늘을 굴려보자

기름 한 방울 없이도 살아가는 인생인데
왜 이리
빽빽하게 굴었는지

야! 이눔아
지금이라도 알았으면 되었다네

—「일상에서」 전문

이 시는 첫 행에서 "세상 별것 없음을 깨달았나" 독백한
다. 진리적 깨달음 뒤엔 환희가 찾아온다. 생의 무게가 깃
털같이 가벼워졌음을 체험한다. 삶의 본질과 자아정체성
을 인식한 지점에서 이 시는 쓰였다. 열악한 현실에서 발
버둥 치다 절망한 영혼에겐 "세상 별것 없다"는 시인의
목소리가 곧 구원의 복음이다. 세상을 응시하는 인간의
의식은 동일하지 않다. 거대한 산같이 두려워하는 존재도
있고, 새의 깃털처럼 후후 불며 다니는 존재도 있다. 깨달
음의 차이, 의식의 편차가 현재의 자기 모습, 자기 인생을
만든다. 김은경의 삶엔 대로가 활짝 열렸다. 물질 초월한
일상이 행복이다. 삶에 달관했기 때문이다. 이 세상의 비
밀을 벗겨 그 정체성을 인식한 탓이다. "야! 이눔아 / 지
금이라도 알았으면 되었다네" 환희에 찬 이 목소리가 문
학적 복음이며 시적 구원이다.

5. 마무리

전부 바스러지고 나서야 알았지

제 몸 시뻘겋게 사르고
모조리 내어주고
주저앉으신

엄마

―「연탄」 전문

    화자는 연탄에서 사랑을 재확인한다. 바스러진 연탄
과 엄마는 희생적 사랑으로 동일시된다. "제 몸을 시뻘겋
게 사르고"라는 표현에 접근하면 김은경의 시적 지향을
유추하게 된다. 그의 시는 개인적 체험이지만 언어적 유
희를 초월한다. 언어의 표면에선 체험적 사유를 진술하
지만, 그 이면엔 생의 진리가 함의되었다. 그의 시 세계는
"시뻘건 연탄"같이 타오른다. 가난하거나 병들어 신음하
는 존재를 사랑한다. 수많은 영혼을 끌어안고 싶어 몸부
림친다. 채석강을 즐겨 찾는 김은경의 삶은 고독하다. 고
독하지만 행복하다. 시의 독자와의 열애가 시작되었기 때
문이다. 언어가 매개된 이번 사랑은 성공할 것 같은 예감
이 든다.

「노란바람의 노래」, 「겨울나무」, 「흰머리」, 「기억의 저편」, 「빈방」, 「기억의 가면」, 「날고 싶은 번데기」, 「바다는 잠들지 않는다」, 「꽃무릇」, 「중독」, 「먼 길」, 「시는 아프다」 등은 음미할 만한 작품이다. 인연 닿는 독자의 정독을 권한다.

흔들리지 않을 상처를 위하여

김은경 지음

발행처 도서출판 **청어**
발행인 이영철
영업 이동호
홍보 천성래
기획 육재섭
편집 이설빈
디자인 이수빈 | 김영은
제작이사 공병한
인쇄 두리터

등록 1999년 5월 3일
(제321-3210000251001999000063호)

1판 1쇄 발행 2024년 12월 27일

주소 서울특별시 서초구 남부순환로 364길 8-15 동일빌딩 2층
대표전화 02-586-0477
팩시밀리 0303-0942-0478
홈페이지 www.chungeobook.com
E-mail ppi20@hanmail.net

ISBN 979-11-6855-312-5(03810)

군산시 군산문화재단

이 시집은 군산문화재단 2024 문화예술진흥 지원사업 보조금으로 제작되었습니다.